QUELQUES MOTS

D'UN VANDALE

A L'AUTEUR DE LA LETTRE

SUR L'HISTOIRE DE GUISE.

Se vend 50 centimes au profit des pauvres.

A GUISE,

CHEZ MM. BERTRAND ET FOURNIER.

1846

QUELQUES MOTS

D'UN VANDALE

A L'AUTEUR DE LA LETTRE

SUR L'HISTOIRE DE GUISE.

Se vend 50 centimes au profit des pauvres.

A GUISE,

CHEZ MM. BERTRAND ET FOURNIER.

1846

PARIS.—IMP. D'ÉDOUARD BAUTRUCHE,
r. de la Harpe, 90.

QUELQUES MOTS

D'UN VANDALE

A L'AUTEUR

DE LA LETTRE SUR L'HISTOIRE DE GUISE.

MONSIEUR ,

Malgré tout l'honneur, tout le plaisir qu'il y ait sans doute, à s'entretenir avec un homme tel que vous, cependant nous n'aurions pas pris la plume pour vous écrire, si nous avions seulement à vous remercier de la qualification de vandales, dont vous avez bien voulu nous honorer. Mais la brochure où il vous plaît de nous appeler de ce joli nom renferme tant d'autres aménités, tant d'autres polites ses envers les Guisards, elle renferme tant d'omissions, de bévues et d'erreurs, en un

mot, tant de fautes historiques et littéraires, que nous ne
pouvons, pour le moment du moins, la laisser dormir en paix
dans ce silence qu'elle a pourtant si bien mérité. Nous allons
donc lui faire les honneurs de la critique ; non pas seulement
dans l'intérêt des gens peu instruits et trop crédules, mais
surtout dans votre intérêt, que nous avons fort à cœur. Oui,
Monsieur, tout inconnu que vous êtes pour nous, nous vous
aimons trop pour ne pas vous avertir de vos fautes, pour ne
pas vous donner, au besoin, une petite leçon. Mais ce qui
nous contrarie fort pour vous, c'est que cette leçon vous
vienne précisément de ces hommes qui vous sont si infé-
rieurs sous tous les rapports, de ces vandales, enfin que vous
méprisez tant. Après tout cependant, ce n'est pas notre faute
à nous, si, tout vandales que nous sommes, nous trouvons
qu'un homme poli, savant et lettré comme vous, a lourde-
ment péché contre l'urbanité, la science, et la littérature.
N'allez pas croire que nous soyons de ces natures chagrines
qui n'aiment que le blâme et la critique ; il nous serait plus
agréable d'admirer ; et vraiment nous regrettons bien que
vous nous en offriez si rarement l'occasion ; en effet, nous ne
voyons guère, en toute conscience, qu'un seul éloge à vous
adresser ; aussi, dans la crainte de l'oublier plus tard, nous
nous empressons de vous féliciter d'avoir gardé l'anonyme.
Vous aurez pressenti le mérite de votre brochure : en cela au
moins vous auriez fait preuve d'intelligence et de tact, nous
aimons à le constater. Vous voyez que nous ne prenons pas
pour un nom cette initiale C.... que vous avez fait précéder du
titre de docteur. C'est un mauvais tour que vous aurez voulu
jouer au doctorat ; et nous devons vous blâmer d'avoir, même
en plaisantant, attribué à un docteur une pareille œuvre ;
ce n'est ni juste, ni généreux. Pour nous, nous y mettrons
plus de charité, et quand bien même nous saurions votre
nom, nous écririons encore : Monsieur l'anonyme.

Eh bien donc, monsieur l'anonyme, après avoir payé notre hommage au bon goût que vous avez eu de déguiser votre nom, nous allons franchement aborder la critique. Mais au premier mot nous nous sentons arrêtés. Dieu, quelle épigraphe!

> O voi ch'avete gl'intelletti sani
> Mirate la dottrina che s'asconde
> Sotto' l'velame. . . . . . . (1).

Gare à vous, messieurs les critiques ! Vous voilà jugés. Vous n'admirez pas, donc vous êtes de pauvres insensés. Vous savez l'italien sans doute, Monsieur. C'est peut être même votre langue naturelle; car à la manière dont vous écrivez le français, nous sommes tentés de croire que vous êtes étranger. Vous savez l'italien ; cette épigraphe a donc pour vous un sens; et vous l'avez, sans vergogne, inscrite au frontispice de votre brochure ! Que Dante, ce fier génie, nous commande d'admirer ses créations sublimes ; que l'immortel Horace, chantant un hymne à sa propre gloire, s'écrie : *exegi monumentum ære perennius*, nous nous inclinons avec respect devant les prétentions d'un si légitime orgueil; mais nous partons d'un éclat de rire, quand l'auteur de *la lettre sur l'histoire de Guise* vient nous dire d'admirer son œuvre, si nous ne voulons passer pour des intelligences malades. Vous ne l'avez point trouvée, Monsieur, la véritable épigraphe qui convient à votre brochure; nous allons vous la donner, nous, et pour rien ; il est vrai qu'elle nous coûte peu, nous l'avons prise à Horace. La voici :

> Spectatum admissi, risum teneatis amici.

Ce qui veut dire, non pas pour vous, vous êtes trop savant pour traduire avec autant d'inexactitude, mais ce

---

(1) O vous qui avez l'intelligence saine, admirez la doctrine qui se cache sous le voile.

(2) J'ai élevé un monument plus durable que l'airain.

qui veut dire pour nous autres, pauvres intelligences : O vous, qui lirez la *lettre sur l'histoire de Guise*, comment pourrez-vous vous empêcher de rire ou de. . . . . . bâiller? Pour notre compte, si nous avons bâillé souvent, si nous avons ri quelquefois, quelquefois aussi le rouge de l'indignation nous est monté à la figure. C'est que, voyez-vous, tout vandales que nous sommes, nous avons notre amour-propre, nous avons surtout l'amour de notre pays; et vous n'avez respecté ni l'un ni l'autre. Puisque l'occasion s'en présente, nous allons vous rappeler tout de suite quelques-unes de vos aménités, nous devrions dire, si le mot n'était trop dur, de vos impertinences envers les Guisards. Dans une dédicace à ce Mécène, sous le patronage duquel vous avez placé ce pauvre enfant trouvé de votre plume, vous dites pour exciter l'indulgence, dont, en effet, vous avez grand besoin, vous dites que *pour composer une histoire . . . . un tel écrivain a besoin avant tout d'habiter une ville très-peuplée, qui ait de la célébrité, et où les lettres soient cultivées. . . . . que ce n'est que là qu'il peut se procurer dans la conversation des personnes instruites. . . . . . .* Vous avez mal compris Plutarque, et vous avez tort de rejeter sur cet écrivain, plein d'atticisme, les compliments que vous voulez bien nous adresser. Allez, monsieur, vous auriez écrit votre histoire à Paris, qu'elle n'eût pas été meilleure, et tout bêtes, tout peu instruits que soient à vos yeux les Guisards, il en est plus d'un, je vous assure, qui aurait pu vous donner des renseignements utiles, corriger vos fautes de français, vous diriger même dans votre travail, et vous épargner bien des . . . . . , peccadilles· Mais vous ne pouviez consulter personne, vous qui vous croyez modestement le seul homme instruit, le seul qui cultiviez les lettres dans notre ville. Que pouviez-vous attendre de vandales comme nous? Nous ne sommes même pas capables de vous apprécier; c'est vous qui nous le dites, en termes aussi ingénieux que pleins de bon goût. Mais nous allons vous laisser parler, il y a trop de profit à vous entendre : *A ces hommes trop oubliés, se terminait la liste des personnages éminents que Guise avait vu naître depuis son origine : des capitaines, des savants, des médecins, des jurisconsultes y figurent, et chaque siècle, pendant une période de près de huit cents ans, y est dignement représenté : leur nom n'éveillerait aujourd'hui aucun écho parmi nous, et quoiqu'il soit douloureux d'en convenir, je dois, en véridique historien, ajouter qu'il ne leur manqua rien que d'être nés loin de Guise pour y être dignement appréciés. Nos ancêtres, en effet, bien différents de nous, et semblables en ce point, mais en ce point seulement, aux Athéniens, frappaient sans pitié de l'ostracisme tout esprit d'élite que le malheur faisait surgir au milieu d'eux, réservant toutes leurs sympathies pour les hommes vulgaires que le hasard leur amenait de loin.* Cette gracieuse semonce mérite d'être un peu commentée, voyons: Comment! Le nom des grands hommes de notre pays n'éveillerait aucun écho parmi nous? Et c'est pour cela que vous n'en citez que deux ; mais pourquoi en citer deux? Soyez donc logique dans vos injures, n'en citez pas du tout. Il est facile de voir pourquoi votre liste est si peu complète ; vous auriez dû masquer plus adroitement, et surtout plus poliment votre ignorance. A Guise, dites-vous, on ne sait pas apprécier le mérite, on n'admire que les hommes qui viennent de loin. Votre plainte est injuste autant qu'injurieuse ; l'intelligence, le patriotisme, le savoir, tout vrai mérite, en un mot, de quelque part qu'il vienne, trouve à Guise des admirateurs ; mais à Guise, comme ailleurs, on rit des prétentions de ces petits grands hommes qui se croient des génies méconnus. Non, nous ne sommes pas aussi ignorants, aussi injustes que vous le croyez, et s'il nous arrivait de frapper sans pitié d'ostracisme un esprit d'élite, que le malheur aurait, comme vous le dites si bien, fait surgir au milieu de nous, nous pouvons vous rassurer, soyez tranquille, vous ne nous quitterez pas. Laissez donc là toutes ces belles phrases renouvelées des Grecs et des Romains, toutes ces phrases qui n'ont ni le mérite de la justesse, ni celui de la nouveauté. Mais vraiment, les historiens comme vous sont rares! Quand un historien parle de son pays, il n'a jamais assez d'éloges, souvent il tait les défauts, ne révèle que la gloire, eh! mon Dieu! n'est-ce pas bien naturel?

A tous les cœurs bien nés que la patrie est chère!

Mais vous, différent en cela de tous les autres, vous n'avez pour vos concitoyens que du blâme, que des paroles désobligeautes; les plus belles actions de vos ancêtres ne suscitent dans votre âme aucun sentiment de patriotisme, aucun élan d'enthousiasme. Je n'ai pu lire, sans un chagrin mêlé d'indignation, votre récit du siége de Guise. Vous vous plaignez que dans notre pays l'on n'apprécie point les grands hommes, les belles actions; et comment les appréciez-vous vous-même? Quoi! le généreux dévouement, l'abnégation sublime de nos ancêtres, qui ont tout sacrifié pour la patrie; ces actions héroïques que nous envieraient les annales de Rome, de Sparte ou d'Athènes; ce courage indomptable qui désespéra Turenne, triompha de 40,000 hommes et sauva la France, tout cela ne vous inspire que de froides plaisanteries! Eh! qui êtes-vous donc, monsieur?.... Dussiez-vous rire aussi de nous, comme vous riez du père de Verdun, oui, nous ne craignons pas de l'avouer, ces glorieux souvenirs ont fait battre notre cœur; nous sommes fiers de nos ancêtres, fiers de la gloire qu'ils nous ont léguée, et nous saurions la soutenir comme nous savons l'admirer. Ces paroles trouveront de l'écho, j'en suis sûr; car, quoi que vous en disiez, nous n'avons pas dégénéré, et mon jugement sur nos concitoyens vaut bien le vôtre.

Nous devions quelque mots de remerciement aux choses aimables dont vous avez été si prodigue envers les Guisards. Nous passons maintenant à l'examen de vos omissions et de vos erreurs, pour vous dire ensuite un mot de votre style.

Vous intitulez votre travail : *Lettre sur l'Histoire de Guise.* Tout naturellement nous devons croire que vous nous parlerez de Guise, du pays enfin dont vous voulez faire l'histoire ; et vous n'en dites rien, ou presque rien. Voyons : que nous avez-vous appris de notre pays? Vons nous avez donné pour de l'argent comptant quelques bonnes grosses erreurs, et voilà tout. Vous avez cru que l'aplomb vous tiendrait lieu de science; ce n'est pas étonnant, vous avez de nous si bonne opinion ! Vous accusez la pauvreté de nos annales. Eh Monsieur, elles ne sont pas si pauvres que vous feignez de le croire (1) : quelqu'un vous le prouvera un jour. Mais pour trouver, il faut chercher, et surtout chercher avec intelligence. Ce qui nous étonne davantage, c'est que parmi toutes vos omissions, il en est bon nombre que sans grand'peine vous pouviez éviter. Ne pouviez-vous, par exemple, nous faire un peu mieux la topographie de Guise, topographie si importante sous le point de vue de l'hygiène et de la stratégie! et les mœurs, les coutumes, le genre d'industrie, de commerce de notre pays, vous n'en dites pas un mot. Vous ne dites pas un mot non plus de ses divers établissements. Vous savez pourtant bien, ou du moins vous devriez savoir, que Guise possédait une église collégiale, un chapitre. Vous auriez dû vous montrer plus reconnaissant envers les pères Minimes et, pour les larges emprunts que vous avez faits à l'un d'eux, consacrer à leur couvent au moins un souvenir. Et notre hôpital! pourquoi n'en point parler? Ce devait être un plaisir pour vous de

---

(1) M. Aug. Maton a fait de très-belles et très consciencieuses recherches sur l'histoire de Guise. C'est au travail encore inédit de ce laborieux historien que nous devons la réfutation des erreurs de l'anonyme.

nous rappeler le nom et les bienfaits de ses fondateurs, de nous dire l'époque où il commença à être desservi par ces anges de charité dont le dévouement et les vertus se sont perpétués jusqu'à nous. Vous auriez pu aussi, sans vous compromettre, signaler l'établissement des frères des Ecoles Chrétiennes; Guise est une des villes où se montrèrent, presque aussitôt leur institution, ces maîtres et ces amis du pauvre. Et pourquoi laisser dans l'oubli les religieuses chargées autrefois d'instruire la jeunesse; les Dames Ursulines auxquelles ont dignement succédé les Dames de l'Enfant-Jésus? Mais toutes ces omissions, et bien d'autres plus importantes, n'ont pas lieu de nous étonner, de la part d'un historien qui trouve fort inutile de rappeler le nom des hommes qui ont illustré le pays dont il fait l'histoire. Chacun voit les choses à sa façon, sans doute; mais il en est qui ne voient pas toujours juste, peut-être sommes-nous de ce nombre, quand nous vous répétons : mais il s'agit de l'histoire de Guise, il fallait parler de Guise, et ce n'est pas en jetant çà et là et comme au hasard le mot de Guise, que vous en avez fait l'histoire. Mais soit; mettons que la tâche était un peu difficile; l'incapacité n'est pas un crime, et la présomption réclame quelquefois l'indulgence. Peut-être même devrions-nous vous louer d'avoir prudemment substitué à l'histoire de Guise celle des ducs de Lorraine. Qui sait? vous pourriez bien avoir compris vous-même votre impuissance, un peu tard, il est vrai, mais que diable! le titre était fait, on ne pouvait pas reculer; et puis vous comptiez sur nous. Mais, malheureusement pour vous, notre crédulité et notre ignorance ne vont point tout à fait jusqu'où vous l'espériez; c'est dommage, car cela vous eût été bien nécessaire. Mais vraiment, vous aviez trop présumé de vos concitoyens, il leur eût fallu posséder à un bien haut degré les belles qualités que vous leur supposez, pour qu'ils acceptassent sans contrôle ce que vous avez appelé : *Lettre sur l'Histoire de Guise.* Non-seulement ils vous reprochent d'avoir donné à votre brochure un titre qui ne lui convenait nullement; ils vous reprochent, non-seulement de nombreuses omissions, mais encore de nombreuses erreurs. Si ces erreurs portaient sur le peu que vous dites de l'histoire de Guise, vous auriez un prétexte à nous offrir, prétexte que nous n'admettrions pas, mais que vous pourriez faire valoir auprès de certaines personnes : c'est la pauvreté de nos annales. Mais, que répondrez-vous pour excuser toutes les autres erreurs que vous avez répandues dans l'histoire des ducs de Lorraine? car ici se trouvaient accumulés d'abondants matériaux, vous le savez bien, puisque vous y avez si largement puisé. Souvent même vous avez oublié de déguiser vos emprunts, et plus d'une phrase élégamment tournée a dû être bien étonnée de se trouver en compagnie des vôtres. Comme nous n'y avons pas perdu, nous aurions mauvaise grâce à vous reprocher ces petits larcins; mais enfin, puisqu'il suffisait de lire et de vous approprier le bien des autres, pourquoi toutes ces inexactitudes, toutes ces erreurs qui ne sont pas dans vos modèles? vous aurez travaillé la nuit peut-être, et vous n'aurez pas vu bien clair. Nous ne voyons guère d'autre raison pour vous justifier. Mais prouvons que nos plaintes ne sont pas injustes.

Si j'étais un chroniqueur moins consciencieux : ainsi commence M. l'Anonyme. Ce début lui a paru piquant sans doute, à nous aussi; nous aimons à voir un écrivain se poser ainsi tout d'abord, et fixer sur lui-même l'attention du lecteur. Vous prenez le titre de chroniqueur, peut-être en cela croyez-vous faire de la modestie, mais vous ne paraissez pas savoir ce que l'on appelle un chroniqueur; votre travail en est la preuve. Un chroniqueur est celui qui se borne à ranger les évènements sous la date qui leur appartient. Le chroniqueur ne cherche pas comme vous, à s'élever à la hauteur de l'historien, du juge, du stratégiste, du philosophe, de l'esprit fort, etc. Du reste, le rôle de chroniqueur, illustré par le président Hénault, n'est pas si méprisable. il y aurait eu quelque gloire à le bien remplir.

Mais voyons, puisque vous ne voulez pas que nous accusions votre conscience, dites-nous à quoi nous devons rapporter les erreurs que nous allons vous signaler.

Si j'étais un chroniqueur moins consciencieux, je pourrais débuter ici par la formule sacramentelle invariablement employée en pareille occasion par beaucoup d'honnêtes historiens, de notre connaissance, et comme eux vous dire, pour m'éviter de plus longues recherches, que l'origine de Guise se perd dans la nuit des temps : mais au risque de priver notre ville du lustre qu'une pareille obscurité ne pourrait manquer de lui donner, je me contenterai de vous apprendre, si tant est que vous l'ignoriez, que Guise remonte seulement au 3e siècle.

D'abord nous doutons qu'il y ait beaucoup d'honnêtes historiens de *votre connaissance* ; nous doutons surtout que vous en connaissiez beaucoup qui pensent, qu'une ville est d'autant plus illustre, que son origine est plus obscure. Ces historiens, s'ils sont honnêtes, ne sont pas très-sensés, et puis pourquoi, tout en commençant, ce petit ton d'importance qui ne sied à personne, pas même aux écrivains capables ? Mais ce qu'il y a de vraiment singulier, c'est que tout en ne voulant pas imiter *ces honnêtes historiens* dont vous vous moquez, vous faites absolument comme eux : vous donnez à Guise une antiquité d'origine qu'elle n'a pas le moins du monde.

Vous prétendez que Guise remonte au 3e siècle : la preuve que vous donnez de cette origine, c'est qu'il est fait mention dans le recueil des Bollandistes d'un barbare nommé Urswald, qui au 3e siècle était évêque de Guise. Nous vous mettons au défi de trouver dans le recueil des Bollandistes l'évêque dont vous parlez. Vous ne pouvez pas nous alléguer que sans doute nous aurons consulté une édition différente de la vôtre, car il n'y a qu'une seule édition de ces 45 volumes in-folio.

Cet immense recueil ne dit pas un mot de Guise, ni de votre bienheureux Urswald ; nous serions curieux de savoir où vous avez été puiser une pareille fable. Ce qu'il y a de certain, c'est que le Christianisme n'a été prêché dans la Thierrache que vers la fin du 7ᵉ siècle par quelques saints prêtres irlandais. Du 3ᵉ au 7ᵉ siècle, il y a donc une différence de 400 ans. C'est peu de chose pour vous peut-être ; mais pour nous, nous trouvons que vous auriez dû commencer un peu mieux les savantes recherches que vous faites depuis si long-temps.

Bientôt vous rencontrez dans l'histoire de Guise une lacune que toutes vos recherches, dites-vous, n'ont pu combler. Que vous êtes bon ! vous aviez bien inventé le bienheureux Urswald, vous pouviez bien inventer autre chose.

A propos de ce bienheureux de votre fabrique, de cet Urswald qui exécutait de rudes travaux apostoliques comme en *exécutaient alors les fils convaincus de l'Église*, de cet Urswald, qui *marchait pieds nus* à travers les forêts de la Thierrache, vous faites le Voltairien, l'esprit-fort, vous vous oubliez ; ce mauvais genre n'est plus de mode, il n'appartient maintenant qu'aux gens mal élevés.

Encore le bienheureux Urswald ! pour couronner votre invention par un de ces traits d'esprit qui vous sont familiers, vous ne voyez guère dans votre bienheureux qu'un évêque *in partibus* ; de mieux en mieux ! nous ne connaissions pas d'évêques *in partibus* de ce genre, il fallait un homme comme vous pour nous en montrer, aussi l'avons-nous salué, votre évêque *in partibus* ! d'un long éclat de rire, lui et son consécrateur.

A la fin de la 2ᵉ page, dans une longue période où l'on voudrait voir un peu moins de prétention mais un peu plus de logique et de français, vous croyez qu'*un homme qui aurait quelque prétention à paraître érudit pourrait dissimuler habile-*

ment *une lacune de 300 ans sous une savante dissertation sur l'étymologie des mots Guise et Thierrache.* Il faudrait que *cet homme* eût de ses lecteurs la bonne opinion que vous avez de nous ; eussiez-vous fait cette savante dissertation dont vous parlez, vous n'auriez pas le moins du monde habilement dissimulé à nos yeux une lacune de 300 ans. Si cet espoir ne fait pas beaucoup d'honneur au bon sens de vos lecteurs, il n'en fait pas non plus beaucoup au bon sens de l'historien.

Page 3ᵉ. Vous dites que *le plus anciennement connu* des seigneurs de Guise *était Godefroy*; c'est une erreur. Vous auriez dû voir ce que d'autres ont bien vu : que Vauthier, puis Méchanie ont possédé la seigneurie de Guise avant Godefroy.

Page 4ᵉ. De Godefroy, selon vous, la seigneurie passe à Gauthier, son fils, puis à Ameline, fille de Gauthier. Tout cela est faux ; vous paraissez avoir tout confondu. Vous aurez écrit de mémoire; le vent à cet endroit a peut-être emporté *vos notes fugitives.* Ce qu'il y a de vrai, c'est que Gui succéde à Godefroy; après Gui vient Bouchard, puis Ameline, fille de Bouchard et non de Gauthier. Comment avez-vous pu placer là Gauthier?

Vous nous amusez beaucoup dans ce que vous nous dites d'Ameline. En 1177, selon vous, la comtesse était dans l'adolescence. Vous trouvez qu'à 37 ans une femme est dans l'adolescence! Décidément, vous renchérissez sur Balzac. Vous mariez Ameline en 1180, c'est à peu près l'époque de sa mort; vous trouvez tout simple de confondre les noces avec les funérailles. Vous prétendez que la comtesse Améline, *trop faible pour résister à l'ouragan qui venait fondre sur ses possessions se réfugia chez Jacques, comte d'Avesnes, et qu'ensuite soit par inclination, soit par reconnaissance, elle l'épousa.* Vous aimez le roman, vous oubliez cette fois vos scrupules de *véridique historien.* Ameline était mariée depuis 20 ans à Jacques d'Avesnes, lorsque l'ouragan vint fondre, comme vous le dites si bien, sur ses possessions, et c'est Godefroy, oncle d'Ameline, qui avait marié la comtesse à Jacques d'Avesnes. Ameline n'avait donc pas besoin de se réfugier chez Jacques, qui était son défenseur naturel depuis 20 ans ; elle ne l'épousa donc point par reconnaissance. C'est moins intéressant peut-être, mais c'est plus vrai.

Après Améline ce n'est point Bouchard qui entre en possession de la seigneurie, mais Gauthier, l'aîné des enfants d'Améline. Est-ce que Gauthier aurait souffert cette atteinte à son droit d'aînesse?

Page 6. Vous donnez une analyse fort inexacte de la charte octroyée par Jean de Châtillon aux bourgeois de Guise. Relisez l'original, et vous verrez que vous avez omis des choses très-importantes.

Vous dites de la comtesse de Blois, Jeanne la boiteuse, qu'elle était *richement dotée sous tous les rapports.* Cela nous remet en mémoire la chanson que tout le monde connaît :

> Depuis longtemps je me suis aperçu
> De l'agrément qu'on a d'être bossu.

Vous trouvez, vous, que c'est un agrément d'être boiteux. C'est une variante !...

Page 10. Le comté de Guise n'a pas, comme vous le dites, appartenu à la maison de Châtillon pendant 157 ans : retranchez 1244, date de la mort de Vauthier, de 1360, vous avez une différence de 116 et non de 157. Mais une erreur de 41 ans c'est peu de chose ; vous nous avez habitué à mieux que cela. Ne nous sommes-nous pas extasiés tout en commençant sur une petite erreur de 400 ans?

Ce n'est guère qu'à dater du règne de Henri IV, et surtout à dater de la politique de Richelieu, que les gouverneurs militaires furent nommés par le roi. Avant cette époque ils étaient nommés par les seigneurs, vous êtes donc dans l'erreur quand vous faire remonter à 1360 leur nomination par le roi.

Page 13. Vous dites que Jean de Luxembourg vendit aux Anglais la pucelle d'Orléans pour la somme de 10,000 francs. Vous faites remonter un peu haut le système des francs et centimes.

Page 14. Charles d'Anjou n'est pas, comme vous le croyez, entré sans coup férir en possession de la seigneurie de Guise, après la mort de Jean de Luxembourg, c'est Louis de Luxembourg, connétable de St-Pol, qui succède à Jean son oncle. Puis bientôt un procès s'engage sur le droit de succession au comté de Guise; pour mettre tout le monde d'accord on marie Isabelle de Luxembourg, sœur de Louis, à Charles d'Anjou; et cette princesse apporte en dot à son époux le comté en litige.

Là encore *vos notes fugitives* sont gravement en défaut.

Jacques d'Armagnac, dont vous nous racontez fort mal à propos l'histoire, n'a jamais été duc de Guise.

A la page 16 vous avez fait une bévue vraiment impardonnable : vous prenez les armes de la ville de Guise pour celles des ducs de Lorraine. Ces armes sont pourtant bien différentes, celles de la ville sont fort simples, celles des ducs fort compliquées. C'est porter trop loin l'inattention.

Page 17. Suivant vous, *on joignit à son duché* (de Claude de Lorraine), *pour qu'il fît meilleure figure, plusieurs seigneuries considérables*. On ne joignit point à son duché les seigneuries dont vous parlez, attendu qu'il les possédait déjà; mais on lui permit de les tenir du parlement, comme on faisait alors pour tout pair de France.

Page 19..., l.... *Les ennemis*, dites-vous, *laissèrent un grand nombre des leurs sur le champ de bataille, qui depuis cet événement retint le nom de Malaise.* C'est de l'esprit mal à propos: si mal à l'aise que se trouvèrent les vaincus, le champ de bataille ne leur dut pas le nom qu'il porte ; car, 150 ans avant le combat dont vous parlez, Malaise formait un hameau dépendant de Vadencourt, et portant déjà le nom de Malaise. La vérité en histoire vaut mieux que des jeux de mots.

Vous faites mourir Claude de Lorraine à Guise, il mourut à Joinville.

Page 20. Nous ne pouvons passer sans nous arrêter un instant à votre place du Tocquet que vous décrivez ainsi : *Sorte de forum au petit pied, où se tenait le marché le matin et où se réunissaient le soir, dans les grandes occasions, les gros bonnets et les beaux parleurs de l'endroit, et qui était alors le véritable centre de la ville.—Un forum au petit pied.., de gros bonnets,* comme tout cela est beau, spirituel et surtout de bon goût ! ! !

Même page. *Hors de la ville..., deux faubourgs considérables...formant à eux seuls une paroisse....* Où avez-vous vu cela? Allez donc consulter les archives de la fabrique, et vous saurez qu'il n'y a jamais eu d'autre paroisse que celle de Saint-Pierre. Et vous ne craignez pas de nous dire que vous avez fait de longues et consciencieuses recherches. Vous n'avez seulement pas touché aux matériaux qui étaient sous votre main. Si vous aviez pris cette peine, vous n'auriez pas commis dans le même alinéa une autre grosse, très-grosse erreur : Vous n'auriez pas dit que dans le *faubourg St-Lazare un hôpital fut établi par le Duc* (le balafré sans doute, dont vous avez parlé une page plus haut) *sur l'emplacement de l'ancienne léproserie.* L'hôpital bâti en 1291 près de l'église paroissiale de St-Pierre a été transféré en 1680 au faubourg de Flandre, sur le terrain de la ferme de la Grosse-Tête, par dame Marie de Lorraine. Vous auriez pu trouver cela aussi bien que nous, si vous aviez cherché, et vous deviez le faire. Mais, du reste, comment avez-vous pu penser que l'hôpital fut bâti sur l'emplacement d'une *ancienne léproserie entre la ville et deux fau-*

bourgs considérables? Est-ce que l'on bâtissait les léproseries au centre des populations (1)? Oh, monsieur le docteur!

Page 22. Ouvrez l'histoire de France, et vous verrez que François de Lorraine soutint les efforts de Charles-Quint pendant 75 jours et non 65. Vous verrez que l'empereur ne perdit pas 40,000 hommes, mais seulement 30,000. Où donc est le chroniqueur consciencieux? l'historien véridique?

Page 25. En parlant du massacre de Vassy, vous dites : *ce malheur, peut-être imprévu, dont les catholiques et les protestants s'attribuèrent la responsabilité.....* passons sur ces mots *s'attribuèrent la responsabilité.* Vous avez voulu dire *se renvoyèrent*; ce qui n'est pas la même chose : cette dernière locution est française, l'autre ne l'est pas, au moins dans le sens que vous lui donnez. Mais il ne s'agit point ici de style, il s'agit d'erreurs : il y a là un *peut-être* qui mériterait examen, il est l'expression d'un doute que vous n'auriez pas si vous aviez lu les auteurs qui ont écrit sur le massacre de Vassy. Bossuet, qui certes savait l'histoire aussi bien que vous, Bossuet a démontré au célèbre Burnet que cet événement était bien fortuit, bien imprévu, et le ministre protestant s'est rendu aux preuves convaincantes de son illustre adversaire. Il n'est pas permis, monsieur, de parler avec autant de légèreté d'évènements d'une si grande importance.

Page 26. L'assassinat du duc de Guise par Poltrot est un fait si connu que vous auriez dû prendre la peine de rapporter exactement une date qui est dans la mémoire de tout le monde, c'est le 18 février que le duc a été frappé et c'est le 24 qu'il est mort.

Page 27. Vous appelez la St-Barthélemy *une exécution en-*

---

(1) La lèpre, cette hideuse maladie, passait pour contagieuse au moyen-âge, et l'on exilait loin des populations les malheureux qui en étaient atteints.

treprise pour la plus grande gloire de Dieu.... Vous n'avez donc jamais lu la St-Barthélemy que dans la Henriade ? Mais aujourd'hui tous les hommes qui se sont donné la peine d'étudier sérieusement ces pages néfastes de notre histoire, tous ces hommes, à quelque ordre d'idées, à quelque religion qu'ils appartiennent, savent fort bien que des motifs de vengeance, que des raisons d'une politique injuste et barbare, ont eu la plus grande part dans ce massacre que la religion réprouve et flétrit.

Page 36. Vous placez une abbaye à Montreuil-sous-l'Esquielles. Jetez donc les yeux sur une ancienne carte de France, et vous verrez de manière à n'en pas douter que c'est à Rocquigny-Montreuil qu'était située l'abbaye dont vous parlez. Nous nous arrêtons, nous ne voulons pas faire un volume. Nous regrettons de ne pouvoir dire un mot de votre siége de Guise, *dans lequel vous avez découvert que figurait un de vos ancêtres.* Vous auriez dû (soit dit en passant) nous apprendre le nom de cet ancêtre; et surtout le célébrer en meilleur français. Dans ce siége de Guise, que vous avez nécessairement copié sur le père de Verdun, vous avez laissé échapper bon nombre d'inexactitudes. Relisez votre modèle et vous verrez. Ce que vous dites des débats qui ont eu lieu entre Guise et Vervins mériterait bien aussi quelque rectification Vous n'avez pas lu les travaux d'un de nos voisins, dont nous aimons à citer le nom, de M. Amédée Piette, qui entend autrement que vous l'histoire et la littérature ; il y aurait profit et agrément pour tous si M. Piette voulait bien vous répondre. Nous ne tenons pas, quant à nous, à relever toutes vos erreurs, car nous vous l'avons dit, nous ne voulons point faire un volume ; il nous suffit d'avoir prouvé que vous ne justifiez pas tout à fait le titre de *chroniqueur consciencieux,* d'*historien véridique* dont vous aimez à vous décorer.

Si encore vos omissions et vos erreurs étaient rachetées

par les agréments de votre style ! Mais hélas ! trois fois hélas !
Comment vous, qui vous érigez en écrivain, vous qui affi-
chez des prétentions littéraires, c'est ainsi que vous cultivez
les lettres, c'est ainsi que vous croyez honorer la littérature !
Mais nous, que vous appelez des vandales, que vous regardez
comme des hommes peu instruits, comme des hommes étran-
gers à la culture des lettres; mais nous serions honteux et
désolés que l'on pût nous soupçonner d'être les auteurs d'un
écrit pareil au vôtre ! De grâce, par respect pour notre pays,
ne cherchez pas davantage à faire croire que vous êtes ici le
représentant de la littérature. Quelle déception pour celui
qui voudrait chercher dans votre œuvre cette concision,
cette clarté, cette élégance qui doivent distinguer le style de
l'historien! Mais si l'on ne rencontre pas l'ombre même de
ces qualités, en revanche que de phrases mal tournées, boi-
teuses, où l'obscurité le dispute souvent à la prétention !
Combien vous êtes éloigné de cette simplicité, de ce naturel
qui nous charment toujours dans l'homme qui sait écrire. Et
puis, quelle inégalité choquante ! Vous prenez tous les tons,
vous empruntez à tous les genres, et souvent aussi comme ce
pauvre écrivain dont parle Horace : A des haillons, vous ne
craignez pas de coudre un lambeau brillant de pourpre. Si
nous admettions comme un axiôme ces paroles d'un grand
écrivain : Le style c'est l'homme ; Dieu ! Monsieur, quelle
triste idée nous aurions de vous! Vous demander un style clair,
élégant et concis, c'était nous le voyons bien, trop exiger.
Mais au moins ne pouviez-vous écrire en français, montrer
un peu plus de respect pour les règles de la grammaire ? Nous
voulions entrer ici dans quelques détails ; mais ce serait trop
ennuyeux, nous aimons mieux vous renvoyer à l'école pri-
maire, où l'on pourra vous prouver, à notre place, que vous
avez encore besoin de plus d'une leçon. Nous avons hâte d'en
finir ; nous regrettons déjà notre prolixité, et cependant nous

ne pouvons résister au-désir de nous arrêter un instant à votre dernière page. C'est ici surtout , c'est dans cette dernière page, modèle à la fois de bon goût et de style, que vous nous révélez toute la sensibilité de votre âme , toute la richesse et la poèsie de votre imagination, toute la piété de vos souvenirs. Nous qui n'avons pas, comme vous, l'intelligence des belles choses, nous croyions que, dans l'intérêt de l'agrandissement et de l'embellissement de notre ville , que dans l'intérêt aussi de la salubrité publique , il était bon de faire disparaître des arbres rabougris , d'enlever un amas de briques inutiles, de combler enfin des fossés où croupit une eau fangeuse ; mais quelle n'était pas notre erreur! Avec quelle force de raisonnement, et en même temps avec quelle adresse, quel heureux choix de pensées et d'expressions vous avez combattu nos prosaïques réformes! Vous vous élevez jusqu'au sublime, vous soulevez contre nous les divinités les plus aimables et les plus pacifiques ; il est impossible , vraiment impossible de résister à tant d'éloquence, à des arguments si divins. Mais déjà nous aurions dû vous laisser parler vous-même.

« *Peut-être cependant , les hommes qui proposent cette mesure* « *reculeraient-ils devant son accomplissement; si, comme moi, fa-* « *miliers avec les divinités protectrices des fôrets, ils entendaient* « *les nymphes, gardiennes de ces avenues solitaires sous lesquelles* « *tant de générations sont venues tour à tour rêver et se souvenir,* « *gémir dans le silence des nuits.*

« *Vandales! s'écrient-elles, vandales! si vous ne craignez point* « *de porter la main sur ces arbres séculaires qui ont abrité votre* « *enfance, respectez au moins la verte vieillesse des contempo-* « *rains de vos pères.* »

Vous êtes donc un demi-Dieu, un Faune, un Satyre peut être , vous qui êtes si familier avec les divinités protectrices des forêts, qui entendez si bien la langue des nymphes! Hé-

las! que ne le savions-nous? mais vous ne pouviez descendre de vos hauteurs pour vous abaisser jusqu'à nous et entrer dans les conseils de simples mortels. Quel malheur! car alors éclairés, subjugués par votre éloquence, nous n'aurions pas décrété cette barbare mesure. Nous aurions conservé ces *arbres séculaires* qui ont eu le bonheur *d'abriter votre enfance*; nous aurions respecté ces *avenues solitaires sous lesquelles vous êtes venu rêver, vous souvenir et gémir dans le silence des nuits.* Vos nymphes n'eussent point été forcées d'apprendre ce vilain mot de Vandales, jusqu'à présent, sans doute, inconnu pour elles; et vous, leur favori, leur familier, vous ne seriez point réduit à vous réfugier avec ces pauvres affligées au milieu d'ignobles *carrés de légumes* (1). Quel lieu en effet pour vos divins colloques! et que nous méritons bien cet odieux nom avec lequel,

Nous avons l'honneur d'être, etc.,

UN VANDALE.

---

(1) On ne doit pas remplacer les tilleuls et les ormes, que pleure l'anonyme, par *des carrés de légumes*. L'anonyme n'a pu, sans doute, à son grand regret, assister à la séance du conseil municipal le jour où l'on a décrété cet acte de Vandalisme.

IMP. DE E. BAUTRUCHE,
r. de la Harpe, 90.